숨 하나
짓 하나

숨 하나
짓 하나

초판 1쇄 인쇄	2012년 11월 23일
초판 1쇄 발행	2012년 11월 30일

지은이	박 천 준
펴낸이	손 형 국
펴낸곳	(주)북랩
출판등록	2004. 12. 1(제2012-000051호)
주소	153-786 서울시 금천구 가산디지털 1로 168, 우림라이온스밸리 B동 B113, 114호
홈페이지	www.book.co.kr
전화번호	(02)2026-5777
팩스	(02)2026-5747

ISBN 978-89-98268-40-4 03810

숨 하나 짓 하나

박 천 준 시집

당신이 그리울 때면
볼 수 없는 당신의 미소로
눈에 가득 담겠습니다

그래도 못 잊을 때면
들을 수 없는 당신의 노래로
귀에 가득 채우겠습니다

못 잊어 그리움에 목마르면
마음속에 있는 것 다 비우고
당신의 얼굴로 채우겠습니다

그리운 당신이 내게
남겨 준 사랑의 고운 옷을
입으렵니다
아! 당신이 그립습니다

book Lab

초대의 글

감히 함부로 시인이라 칭해본다.
영롱한 주옥같은 시어들로 모자이크 된
한 권의 시집을 읽는 감명을 받았다.

한 사람의 시인 박천준의 혼이 담긴 작품에 대하여 경의
를 표하며, 시인의 천부적 재능과 열렬한 시 창작 의욕에
또 한 번 경의를 표하며 앞으로 박천준 시인의 시 세계에
큰 영광이 있기를 진심으로 축원하면서...!

"일곱 번의 질책"

-칼린 지브란(1883-1931)

시제의 어느 외국인 시를 접해 본 적이 있어 생각난다.
나는 하나 더 하여 여덟 번째의 질책을 중얼거려 봤다.

나는 나의 영혼을 일곱 번 질책했다.
첫 번째는 약한 자를 착취하여 나를 강하게 만들려고
했을 때였다.
두 번째는 불구자 앞에서 절름발이인 척했을 때였다.

세 번째는 기회가 있지만 어려운 일보다는 쉬운 일을 선택했을 때이다.

네 번째는 내가 잘못을 저지르고 다른 사람들도 잘못을 저지른다고 자위했을 때이다.

다섯 번째는 두려움 때문에 유순해 졌다가 끈기 있게 강하다고 주장했을 때이다.

여섯 번째는 삶의 진탕을 피하기 위해 내 옷을 걷어 올렸을 때이다.

일곱 번째는 신을 찬양하면서 덕을 노래한다고 생각했을 때였다.

여덟 번째는 마음속으로 자기의 부족을 움켜쥐고 진실을 고백하지 못하며 그 순간만 모면했을 때였다.

오! 그렇습니다. 제가 그렇습니다.

시인이여 당신은 신의 거울을 가졌습니다. 접니다. 제가 그렇습니다.

2012년 초여름에

又醒 정 연 동

작가의 말

　마음에 있는 그림을 글로 쓸 수 있도록 건강과 지혜를 주신 하나님께 감사와 영광을 올리면서 이를 위해 기도해 주신 주위의 모든 이에게 빚 진자가 되었음을 진심으로 고백한다.

　살아온 세월들과 살고 있는 시간 속에서 보고 들은 대로 낙서를 하였는데 이러한 글들을 모아 자식들의 손에서 정리가 되어 한 권의 책으로 출판되는 것이 무거운 짐으로 남게 되는 것이 아닌가 걱정스럽다.

어머님이 그리울 때는 눈물로,
세상이 어수선하면 분노로,
계절이 바뀌면 마음을 열고 낙서를
했지만 해답이 없다.

　늙어 가면서 자식들에게서 듣고 싶은 소식들을 마음에 그리워하면서 채워지지 않는 감정들이 소용돌이치면 낙서를 했다.

　세상을 아름다운 눈으로 보지 못하고, 자식들을 더 많이 사랑하며 보듬어 주지 못하고, 사랑하는 아내를 더 아껴주지 못하고, 이웃에게 친근한 정을 주지 못하고, 늙어가는 나의 초라한 모습이 부끄럽다.

　책이 나오기까지 애쓴 출판사와 정리하면서 수고를 아끼지 않은 막내딸 자양이, 큰아들 해성이, 큰딸 혜리. 작은딸 유양이, 작은아들 유광이, 사랑하는 아내, 큰며느리 소향, 사위 훈, 상남, 오범과 손주들에게 고맙다.

2012년 빛고을 광주에서 더위를 맞으며
작가 박 천 준

차 례

미친 시인

미친 시인

미친 시인이 글을 쓴다
말도 안 되는 시를 쓴다
풀을 푸르다 하지 않고
단풍을 붉다 하지 않는다

그러나
봄을 가을이라 하지 않고
가을을 봄이라 하지 않는다

구름은 푸른 초원을 따라 달리고
바람은 산허리의 아름다운
단풍을 좇아 달린다

미친 시인은 오늘도 시를 쓴다
배 위에서 춤추는 파도
갈매기 위에서 떠도는 구름

미친 시인은 글을 쓴다
거친 파도의 몸부림은
배 밑으로 갈라지며
하얀 피를 토하여 낸다

아! 시인이여!

시인만이 시를 그리는 것은 아니다
누구나 마음 깊은 곳에 뜨거운
감정이 흐르고 있다
그 안에 아름다움이 있고
그 안에 슬픔도 있다
시를 쓴다는 것은
나를 그려내는 것
세상을 그려 내는 것

시를 쓰고 마음을 그리자
하늘을 보고 땅을 보고
산을 보고 바다를 보고
그리고 또 볼 수 없는 것
그것을 그려보자
감성이 넘치면 시가 되고
지식이 넘치면 소설이 된다
아! 못난 시인이여!

시인의 붓

시인이여!
시인이여!
시인이여!
네 마음을 펼쳐서
붓을 세워라

그 위로 세상이
가는 길을 내어라
광활한 황금빛
초원 위로 태양이
쏟아진다

시인이여!
시인이여!
시인이여!
네 마음속에 있는
붓을 꽂아라

넘치는 강물 위로
붓을 던져라
찬란한 은빛 세계가
펼쳐지리라

낙서하는 사람

나는 시인은 아니다
내게는 쌓은 것이 없고
가진 것도 없다
그래서 오직 낙서를 할 뿐이다

내가 하는 낙서는
나무와 가지는 있는데
이파리와 탐스런 열매가
보이지 않는 그림이다

그래도 글을 써야 한다
낙서를 열심히 하고 싶다
시작도 끝도 그리고
의미도 없는 낙서를…

쌓은 것 없고 가진 것 없지만
더 높은 것을 쌓기 위하여
더 많은 것을 얻기 위하여
꼭! 낙서는 해야 한다

낙서

마음이 내키는 대로
손가락을 움직이며
땅 위에라도
바위 위에라도
그러나 하얀 종이라면
더 좋겠소

적어보고 그려보고
생각나는 대로
시작도 끝도 없고
머리도 꼬리도 없는
말을 만들어 가는 것

그 속에 웃음이 있고
그 속에 눈물이 있다면
그러한 낙서는 빵점은
아니겠지요

자연인으로…

나는 지구를 탈출하고 싶다
이 땅을 벗어나고 싶다

그래서
자연인으로 살고 싶다
간섭하지 않고
간섭받지 않고
자연의 그 모습
그대로 살고 싶다

봄이 오면 꽃을 피우고
여름에는 소낙비를 맞고
가을에는 아낌없이 내어주고
겨울에는 무소유에
흰 눈을 품으며 살고 싶다

아! 대한이야

아! 대한이여

정말, 이것은 아니었는데
세상의 이치를 잘은 모르지만
민심의 흐름은 그것이 아닌데
부정과 비리가 난무하는 국회에서
헌정 초유의 총칼 없이 행사한 쿠데타
죄 없는 자가 먼저 돌로 쳐라
누가 누구에게 먼저 돌을 던질 것인가
우리는 차떼기 국회에 돌을 던질 만도 하지만
힘이 없는 백성이어라
큰 것에는 불의하고
작은 것에는 의를 내세우며
말꼬리를 잡아 불의를 감추려는 구미호
아! 대한 부끄러운 나라여!
세상이 너무나 좋아졌어
옛적에 총칼 앞에서는
짹소리 못하던 위인들이
이제 와서 미꾸라지가 물을 만난 듯
흙탕물을 일으키며 온 바닥을 더럽히고 있어
좀 일찍 총칼 앞에서도
오늘의 기백이 있었더라면

이 땅에 민주주의 꽃은 진즉 피어 좋았을 것을
이제야 봄이 되어
새싹이 돋고 햇볕은 부드러운데
매서운 찬바람이 폭설을 몰고 와서
꽃도 피어 볼 수 없고 열매를 얻지 못하도록
덮치고 말았어
아! 대한이여!
주저앉지 말아라 힘을 내자
이대로 가면 침몰하고 만다
너도나도 모두 다 죽는다
기를 쓰고 부정과 부패의 온상을
이 땅에서 치우자
그래서 후손들이 허리를 펴고 맘껏
민주주의의 열매를 거둘 수 있는
부끄럽지 않은 낙원을
대한을 만들어 가자

충혼

설움이 북받치며 밀려오는 뼈아픈 기억
노을 지는 석양의 세월
이제야 철이 들어 머리 숙여 애도하며
아무리 많은 피눈물을 흘려도
땅과 하늘 그리고 바다에서
님의 자락에 배어든
충혼의 핏 멍울은 지을 수가 없습니다.

갈기갈기 찢겨 나간 살점을 안고
지축을 흔들며 산화하신 님이여
가슴속 깊은 곳에 조국을 품고 머물러
초원에 엎드린 님의 숭고한 모습
구겨진 이 땅의 반세기 역사
소복 고름 여미고 부릅뜬 눈 차마 감지 못한
거룩한 제단
향 내음 하늘로 피어오르고
세미하게 흩어지며 사라져 가는
작은 이의 마음을 뭉클케 한 님의 넋이여
피맺힌 가슴 젖히고 통곡하는 숭고한

님의 몸부림이여!
님의 서러움이여!

안중근의 꽃

젊은이의 생명
활짝 피우지 못하고
오직!
조국을 위하여 불태우는
뜨거운 가슴으로
순국하신 안중근 의사

애국 애족을 위한 생명의
꽃으로 아름답게
오늘도 내일도 그리고
영원히 이 땅 위에
가득히 피어 있을 것입니다

삼일절의 추억

피가 거꾸로 솟아오르고
하늘은 핏빛이 되어
피비린내가 강산을 덮는다

바람은 온 땅에 불고
절규는 끝내 피를 토했다
젊은 가슴에도
하얗게 센 머리에도
띠를 두르고
태극기 물결이 하늘을
가린다

주먹이 아니면 온몸으로
태극기 앞세우고
우람한 산처럼 담담히
팔에 팔을 끼고
총과 칼을 향해 돌진하던
의국 충정은 봄의 문턱에서
시작되었다

재앙

태양의 흑점은 폭발하고
땅은 흔들리고 갈라지며
바다는 깊음에서 물을 토했다

가옥은 산산조각 쓰레기 되고
골목길 자동차는 파도에 밀려가고
인간은 흔적조차 없이 사라졌다

재앙에는 인간들 속수무책
신의 노여움은 자연을 훼손하는
인간들을 대적하며 경고한다

신이 창조한 자연은 순리대로
지키며 보존하고
거역하지 말라고 한다

광복절의 추억

동쪽 수평선 저 너머에서
태극기 문양의 태양이
출렁이는 파도를 헤치고
솟아오른다

피와 땀으로 얼룩진 무명적삼
찢겨진 옷자락마다 배어든
핏 멍울과 살점은
조국을 밝히는 기름이 되어
지금도 타오르고 있다

가슴에 묻어둔 한과 설움
풀어헤치고
크게 불러보는 이름들
크게 울어보는 목메임

누구도 말리지는 않는다
너도나도 모두가
한 덩어리 되어 한없이
굴러 보고 싶은 마음들
깊은 계곡이라도 좋다
어둠 속의 벼랑이라도 괜찮다
진정한 생명의 기쁨을
되찾아 왔기에…

오월의 깃발

광주의 깃발이여 무등산의 메아리여
님 가신 광주 거리 한 맺힌 금남로에
흘린 피 빗물 되어 골골마다 내리니
죽은 님 다시 살아 조국 통일 이루리

누구의 명령인가 누구의 장난인가
총칼에 쓰러진 자 우리의 형제인데
그 생명 제물 되어 민주 등불 밝히고
가신님 돌아와서 조국 통일 이루리

광주여 무등산아 역사의 증인이여
힘 모아 마음 모아 하나 된 불사조여
그 정신 길이 살려 민주 성지 만들고
잠든 넋 깨어나서 조국 통일 이루리

오월의 함성이여 오월의 횃불이여
총에 맞아 죽었느냐 칼에 찔려 죽었느냐
쓰러진 젊은 넋이 민중의 깃발 되어
어두운 이 강산에 높이 솟아오르리

흘린 피 흘린 눈물 광주천에 흐르고
젊은 넋 한이 되어 무등산에 머무니
통곡과 신음 소리 산허리에 맴돌며
오월의 안갯속에 님 그림자 보이네

자느냐 죽었느냐 왜 말이 없느냐
진달래 살구꽃이 한창 피어 좋은데
어디로 갔느냐 어디에 묻혔느냐
울부짖는 부모 형제 애간장이 녹는다

오월의 역사

오월의 함성
귓불에 서리고

그날에
해는 빛을 잃고
하늘로 불꽃 솟아
오르는 총소리
구름은 비를 토하고
거리에 핏자국
빗물에 씻겨 내리는
밤의 통곡은
무서웠다

그날은
바람도 멈추고
가로수는 피비린내로
지쳐있었다
이제 오월은
한 장의 처절한
기록을 안은 채로
세월의 끝자락으로
무디어간다

의·약 분업

다시 생각해 볼 여지 있다
골목 약국은 구멍가게의
음료수 장사가 되었다

약리와 약학을 공부한
약사가 처방 조제를 못하니
골목 약사들 파리를 날리고 있다

대형병원 인근 약국들은
대형기업이 되어 약사를
고용하고 주인은 금고를
지키고 있다

환자들의 이중고는 아랑곳없이
만들어진 의·약 분업
처방전 하나 달랑 들고 약국을 찾아가
약 조제비용까지 부담한다

약의 오남용은 탁상공론의
구상일 뿐이지 현실은 예전과
다를 게 없는 것이 의·약 분업이고
서민들은 골목 약국이 좋았다

백령도

바다의 전사여!
대한의 젊음이여!
바다를 가르며 지키는
이 땅의 수호자여!
너희는 갔는가
우리는 너희를 보내지
않았는데 어디에 있는가
해군 전사여 돌아오라!

살기보다는 살려야 한다고
칠흑 같은 바다에서
동료의 이름을 부르며
울부짖던 바다의 전사여!
차가운 파도 위에서
애타게 부르는 동료들의
이름이 술렁인다

아까운 이 땅의
전사들이여!
젊음이여!

정치야

정치야

너는 지금 어디로 가 있느냐
애비의 희망이었는데
네가 실종된 지도 벌써
오래되었으니 어쩌나

네가 잘되는 날이면
애비의 살길을 걱정 없이
하겠다더니 네가 없어졌으니
애비의 실망이 크구나

어디에서 무엇을 하느냐
못난 애비의 애가 타는 가슴
알고 있다면 대답 좀 해 주렴
두 집안싸움 때문에 실종된
너를 찾을 길이 없구나

잃었던 널 다시 찾아오면
새로운 두 집안싸움에 말려
애비의 일들은 해결의 기미가
보이지 않고 너는 다시
자취를 감추고 마는구나

정치야!
어디로 갔느냐?
속히 돌아와서
힘에 겨운 애비의 산적한
일 들을 해결해 주면
못난 애비의 큰 기쁨이 되겠구나

앞으로는 세상에서 살아가야 할
애비의 짐 버려둔 채
훌쩍 떠나지 말고 한 많은
늙은이 곁에 항상 같이 있어
소망이 되었으면 좋겠구나

불량폭죽

권력의 주위에서 그의
친인척과 실세들이
연일 불량 폭죽을
터뜨린다

크고 작은 메케한 폭죽들이
높이 솟아 터지는
정권 말기에 일어나는
보기 쉬운 불꽃이다

보는 자는 눈살을 찌푸리고
듣는 이는 분노를 쏟아낸다

권력 말기에 터지는 폭죽
군중은 불꽃이 수 놓일 때마다
주먹을 불끈 쥐면서
온몸을 바르르 떨고 있다

권력의 주위에서 즐기면서
만들어 내던 불량 폭죽의
불꽃놀이는 어떻게 끝이 날까?

몸통 1

살아서 숨을 쉬고 움직이는 것은
머리가 없는 몸통이 있을 수 없고
몸통이 없는 꼬리도 없다
그런데 어느 날 갑자기…

머리로부터 떨어져 나간 몸통이
경련을 일으키며 발작하듯
흥분을 가라앉히지 못하고
안하무인이 되었다

겸손이라고는 찾아볼 수 없는
혼자 날뛰고 있는 무례한 몸통
떨치고 나가버린 머리통에게
분노한 듯 언행이 사납고 오만하다

머리 없는 몸통은 정치판에서
볼 수 있는 기막힌 시나리오의 연출
조연들이 이따금씩 나타나서 백성의
감정을 혼란하게 만들어 간다

몸통 2

어느 날 머리가 없는
몸통이 오만방자하게
자기가 몸통이라면서
나타났다

죄의 몸통이면 무릎을 꿇고
넙죽 엎드려 사죄를 해도 부족할 터
거만하게 버티고 서서 몸통의
행세를 하고 있다

머리 없는 몸통이 있을까?
누구의 사주를 받고 나와
억울하니 분노를 쏟는 것 같다

몸통! 참으로 사나운 몸통이다
머리는 어디로 가고 몸통이
혼자서 굴러 나와서 세상을
모르는 안하무인이 되었다

권력의 조연

군정 때에 많은 국민이
억울한 옥살이를 하고
사형장의 이슬이 되었다

군정에서 유죄였던 판결이
십수 년이 지난 지금에야
무죄 판결로 복권이 되고 있다

법은 정말로 권력의 시녀 노릇을
톡톡히 하였고 법복을 입은
나리들은 멋진 연출을 했다

지금도 그 시절의 옷을 벗어
던지지 못하고 권력 앞에서
어설픈 조연을 하는 것은
참으로 마음 아픈 일이다

언론

칼과 총구 앞에서 몸을 움츠리고
미친 춤을 추던 뻔뻔한
꼭두각시
붓이 칼보다 강하다
삼척동자도 알고 있는
우리네의 속설 그러나
언론
권력의 시녀가 되어 치부하며
거짓 폭로에 부화 내동하는 만행
지금도 그 뿌리는 살아
멀쩡한 사람 생매장하는 고인돌
아직도
천황이 하사한 보은에 황감하며
가위에 눌려 꿈틀거리는 추한 모습으로
세상을 대변하는
친일 속성의 후한 무치
강자의 편에서 약자의 치부를 드러내며
빈정거리는 민주화를 갉아 먹는 독충

약자의 정서와 감정을
매도해 버리는 인면수심의 두 얼굴
언론
강자에게 한없이 부드럽고
약자에게는 서슬 퍼런 지엄함으로
악을 부추기며 생존하여 온
모리배 집단

개와 고양이

보수와 진보
진보와 보수

보수로 인하여 진보는 덧보이고
진보로 인하여 보수는 명분을 얻는다

개는 고양이를 물어 죽여야 하고
고양이는 개를 피하여
안방으로 진입한다

개와 고양이도 주인은 하나인데
둘이는 한 집에서 앙숙 관계이다
이것이
개와 고양이의 필연적 운명인가?

꾼

정치꾼
노름꾼
사기꾼
놈들은 성은 다르나
이름은 같다

죄질은 같은데
성이 다르며
법원의 여인상이
들고 있는 공평한
저울은 기울고
중량이 틀리다

세상살이는
성씨를 잘 택해야
이득을 본다

왜? 왔소

총과 칼을 가지고 놀던 어르신들 장난에
내몰렸던 세월이
아픈 자여
흙먼지 탈탈 털고 옷깃 여미고
바람 부는 청산에
왜? 왔소
반겨줄 고향 아니고
보듬어 줄 사람 아닌 옛집
삼십육 년 동안 잃었던 강산
삼십칠 년을 그리던 산천
이제는
눈언저리 움푹 들어간 주름살
흐르는 눈물 감추고
하회탈처럼
슬프디슬픈 웃음으로 이 땅에 온 당신
땅을 밟고 하늘 보니
변한 것이 뭐? 있소

아직도 옛 덫 그대로 서슬 퍼런 그 눈빛으로
그대를 맞이하는 이웃인 것을
그대여 놀라지 마소
탓하지 마소
옛적에
상처 입은 비둘기가
지금도
신음하는 동산이라오

머슴

생각 같아서는 쇠망치로
두들겨 부셔 뜨려
새롭게 하나를
만들었으면 좋겠다

강변에 개들이 모여
짖어대는 돔
거기서 물고 뜯으면서
말장난을 즐기는 선량

주인이 보낸 새경 축내면서도
주인의 일은 나 몰라라 하고
머슴들
자기 밥상만을 챙긴다

두 손 높이 쳐들고
넙죽 땅에 무릎 꿇고 절하며
머슴살이
열심히 잘하겠다 하던
그때의 초심은 어디로 가고
주인들 발을 동동 구르며
속이 타는데

이제
당나귀 등에 올라앉으니
눈물도 감정도 메말라
주인은 눈에 안 보이고
종 부리고 싶은 마음
발동하여
패거리 모여서
배 내밀고 삿대질하며
머슴들
또 추태를 보인다

정치

바람이 분다
안풍 세풍 북풍
지축을 가르면서 불어오는 흙바람
잔꾀 피우는 당나귀 등에 올라앉은 나팔수
칠흑 같은 어두움을 몰고 온다
너와 내가 누구인지 알아 볼 수 없는 혼란
입방아 찧는 사이에서
민초들의 피와 땀이 엉긴 세비는 축나고
산천에 가서 바람몰이를 즐기는
무법의 사냥꾼
동편과 서편의 깊은 골 이어가고
남쪽과 북쪽은 산이 너무나 높다
누구 한 사람 나 때문이라고 말하지 못하는
몽매한 선량
그래도 시계는 돈다
사 년이 가고 오 년이 간다
이제는 봄이 오겠지 그러면 꽃은 피겠지
그러나 열매를 얻을 수 없는 가을의 허망함

또

민초들 허리가 휘도록 무거운 짐

안고지고 멍에를 끈다

이것이 현실인 것을

제 잘난 멋인 것을

정치

불법의 온상

누구 책임지는 사람이 없다

십자가는 아무도 지려 하지 않고

얼굴을 가리울 줄 모르는

카인과 아벨의 슬픈 역사만 남긴다

청문회

지금껏 법이 법 노릇 못하니
사법부 못 믿겠다 핑계하고
방탄 국회를 열고
청문회를 시작하니
몇 사람 둘러앉아
몇 사람 불러놓고
인신공격을 하는 마당극
누가 누구를 탓하고 있는가

적반하장도 유분수지
거꾸로 가는 세상
언제부터 이 땅은 배가
산으로 가게 되었나
국민감정을 무시하고
방탄 국회를 열어
자작극을 벌이는 공방전

알맹이는 없고 껍데기만
지저분한 청문회
국민들은 철저히 기만당하고 있다

살아 있다면 자신의 마음에
먼저 질문하고 귀가 있다면
자신의 마음의 대답을
먼저 들어 보라

말장난을 즐기는 할 일 없는 청문회
낮잠이나 주무시고 세비나 챙기시지
왜? 방탄 국회는 열어 추태를 보이시나

청문회
밝히 드러낸 것 없고 밝혀진 사실
법으로 심판받은 자 없는데
나리들 왜? 이러시오
국민들은 식상을 했고 더
속일 수 없으니 심판은
당신들이 받아야 할 몫이 되었소

또!
백성 앞에 서서 청문회의 주역으로
선서할 차례는 그대들의
몫으로 남아 있소이다

손님

어느 날
이 땅에 흑암의 덩어리 떨어져
평화의 그릇이 깨어지고
자유의 물꼬는 막혀
오갈 데 없는 겨레
사방팔방으로 튀어 나가고
동서남북으로 헤어져
긴 한숨
세월의 늪에 흘려보내면서
조국의 하늘에
먹장구름 덮이고
한파의 기상 예보 들릴 때마다
마음 졸이며
머리를 맞대고 숙의하던 충정

이제
백발의 노후 지탱하여
손님이 아닌 주인이 되어
내 땅에 서니
변해 버린 강산은 추운 바람이 일고
멋쩍은 웃음과 눈물에
뼈마디가 시리어

먼 하늘 바라보며 하얀 구름 속으로
슬픈 얼굴을 숨기고 돌아서는
이 땅의
손님이 되어 버린 당신

집성촌

허가 난 집성촌
유신 군정 한량 시정잡배
입들이 모여
방탄조끼를 입고
아군의 지원을 위한
저격수의 사격장
민초들 현안 산적한데
뒤로 미루고

집성촌
불법의 온상
잘난 떼거리 모여
주워 모은 전대를
풀어헤친다

문제는 분명히 있는데
구멍 난 전대
해결의 실마리
끝이 보이지 않는
오묘한 공식
집성촌
고을 괴수들의 도피성
촌장의 말씀 한마디면
싸움도 불사하는
충성 계약자들이
오늘도 웅성거린다

형님

형님!
참으로 딱!
하시외다

지존을 미끼로 던져
대어를 낚으시더니
낚싯대가 부러져서
대어에 깔린 형님의 처지가
만신창이가 되어
꼴사납게 되었습니다

형님의 서투른 낚시질로
동생의 목이 낚시코에 걸려
몹시 고통스럽게 되었습니다

잘난 형님 때문에
이 땅의 못난 여자들이
땅바닥에 주저앉아
통곡하는 것을 보았습니다

헌정사에 기록을 세우셨으니
역사에 길이길이 남겠습니다

나쁜 사람! 못난 형님!

대통령의 생가

대통령의 생가

마음을 찡하게 하는
아픔의 관광지가
되었다

발에 밟히고 있는
보도블록에 새겨 있는
이름과 글귀는 읽는 이의
마음을 아프고 쓰리게 한다

노오란 리본에 눈물로 새겨
거리를 장식했던 감정들이
보는 이의 마음에서
다시 읽혀지고 있다

묘소까지 수 놓인 수많은
아픔의 흔적들이 대통령의
생가를 찾는 모든 이에게
잊히지 않는 기억으로
남아 있으면 좋겠다

바보 대통령 노무현

정치 보복이라는 악랄한 칼날을
님의 목숨을 노리고 뽑아들었습니다
슬프디슬픈 전국의 분향소에는
눈물이 빗물 되어 흘렀습니다

천박한 정치꾼들이 빚어낸
굴욕적인 보복행위는 천추에 남아
역사의 한 날을 더럽힐 것입니다

겉과 속이 다르지 않은 천진한 대통령
바보 대통령 노무현
전직 대통령을 죽음으로 몰아세운 정치
훗날에 후손들은 어떻게 읽어야 합니까?

통일을 위하여 북녘땅으로 뚜벅뚜벅
당당하게 걸어 넘으시던 발걸음
지금은 어디로 가고 계십니까?

가난한 농민의 아들로 대통령이 되시어
개혁을 단행하시던 대담한 일들이

마음을 더욱 슬프게 합니다
어려울수록 이보 삼보를 앞서
나가시던 바보 대통령 노무현

그의 족적을 제자리로 다시
물려 세우려는 정치 싸움은
이 땅의 민주주의를 후퇴시키며
시커먼 보루를 쌓아가고 있음이
서글퍼집니다

님은 가셨지만 그 목소리는 남아
님은 가셨지만 그 이름은 남아
우리들의 마음을 매우 아프게 합니다

영정 속의 님의 모습 입가에는
정이 많은 미소가 머물러 있지만
눈에는 초롱한 눈물이 금세라도
굴러 떨어질 것 같은 아픔이 보입니다

영정속의 님의 얼굴에는 눈물과
웃음을 한꺼번에 볼 수가 있었습니다

님은 가셨습니다

이생의 짐 훌훌 털고 님은
슬프디슬프게 그리운 이들의 곁을 떠났습니다

오월의 바람은 뜨거웠습니다
오월의 불꽃은 노랗게 피어올랐습니다
온 땅에 불었습니다
온 땅에 피었습니다

소박한 환한 웃음 격의 없는
소탈한 만남과 대화
님은 모든 이에게 많은 것을
남기고 희생의 제물이 되어
외롭게 님들의 곁을 떠났습니다

왜! 이러십니까

사람도 자연의 한 조각일 뿐이다
살아서 치욕을 당하는 것보다는
죽음으로 세상의 사랑을
받는 길을 택하셨습니까?

권세 앞에서는 당당하고
서민 앞에 서면 허리를 굽히고
하나 되고자 하였던 당신!

당신이 떠난 자리에는
눈물이 강물이 되어 흐릅니다

왜!
이러십니까?
당신은 이 나라의 참다운
지존이었습니다
삶과 죽음의 흔적도 자연 속의 한
부분인데 죽음의 흔적으로
자연 속에 머무르고 싶었습니까

서민적이고 영민한 당신
밀짚모자 밑으로 흐르는
소박한 촌노의 자상한 얼굴에
웃는 모습이 보고 싶습니다

서민에 의한 서민을 위한
서민의 정치꾼 노무현 대통령

부엉이 울던 마을에서 태어나
부엉이가 떠나고 울음이 멈춘 곳에서
삶을 멈춘 슬픔이여!

구수한 사투리와 정제되지 않는
언어 구상이 오히려 가슴에 와 닿았고
그러므로 님을 향한 애도의
발길은 끝없이 이어져 가고 있습니다

살아서 국민의 마음에서 떠나는 것보다
죽어서 국민의 마음속에 깊이 들어와
함께하는 대통령, 바보 노무현님

김대중 노무현 대통령

떠나신 님들의 빈
자리가 너무도
넓습니다

노무현 대통령 1주기

당신이 보고 싶어
눈물이 납니다

당신을 생각하면
마음이 아픕니다

꽃이 피는 시절에
꽃과 함께 가버린 당신은
참! 바보였습니다

그러나 당신이 그리움은
어쩔 수가 없습니다

곡

부엉이
바위를 향하여
백성이 울었다
…

마음이
너무도 아파서
너무도 바보 같아서
너무도 슬퍼서 울었다
…

오월이 오면

오월이 오면
당신이 그립습니다
바보처럼 살다가
허망하게 떠나간 당신이기에
더욱 그렇습니다

꽃처럼 밝고
구김살이 없이 환하게 웃던
밀짚모자를 쓴 당신의 모습이
보고 싶어집니다

오월의 바람은
꽃향기가 아닌 슬픔과 눈물을
아픔과 절망을 몰고 와서
우리에게 안겨 줍니다

당신을 떠나보낸 오월은
꽃 바람도 멈춰 버린
잔인한 오월이 되었습니다

장기판 세상

장기판 세상

세상은 온통 뒤죽박죽이다

뛰어넘는 놈

뛰어넘다가

말에게 먹히고

옆걸음 치는 놈

옆걸음 치다가

포탄 맞아 죽고 종횡무진

밀어붙이는 놈

밀어붙이다가

졸에게 당하고

안방만 지키는 놈

안방만 탐내며 지키다가

주인과 함께 몰락하는

장기판 세상이다

노숙자의 새우잠

찬바람이 계단을 올라오는
역대합실 그 구석진 곳에
신문 광고지 몇 장을 깔고
몸을 덮고 웅크리고 있는
노숙자의 새우잠

오물에 절인 옷을 입은 채로
비틀거리며 아무데나 주저앉고
단속하는 경찰에게 시비를 걸며
큰 소리로 막말을 하는 노숙자의
기고만장한 행동은 여행자의
눈살을 찌푸리게 한다

몸도 건강해 보이고 젊은데
많은 사람들에게 혐오감을
주면서 살아가는 인생이 되어
날마다 새우잠을 자면서
역대합실의 손님이 되어 버린
노숙자에게 여행자는 관심이 없다

세상의 소리

조용히 땅에 귀를 대고
산울림 소리를 들으라
하늘의 소리가 들린다
바다의 소리가 들린다

천둥소리 짐승소리
파도소리 온갖 소리에
머리가 어지러워
멀미가 난다

유익이 없는 세상의 소리
소문에 역사는 꾸며져 가고
멈추지 않는 소리는 오늘도
날개를 단다

코미디언 조

사월의 어느 주말
코미디언 조
술을 멋있게 마시고
운전을 했다

조는 운전 핸들을 잡고
술은 차를 몰고 갔다
조가 마신 술은 드디어
교통사고를 냈다

음주 측정을 거부한 조
세상이 온통 웃기고 있는
코미디 무대인 줄로
착각하는가보다

세상살이가 모두
코미디였으면 좋을 텐데
세상만사가 그렇지가
못한가 보다

누구 없소!

누구 아는 사람 없소?
누구 들은 사람 없소?
누구 본 사람 없소?

세상이 어수선하여
엉망진창인데
누구 아는 사람 없소

세상에 나쁜 소문이
자자 한데
누구 들은 사람 없소

세상에서 하는 짓이
괘씸한데
누구 본 사람 없소

이처럼 넓은 세상에
아무도 없소
누구 없소!

장애자

입이 손을 대신하여
종이접기로 학을 만들고
붓을 물고 그림을 그린다

발이 손을 대신하여
뜨개질을 하고
도마 위에서 칼질을 하여
음식을 만드는 이들은
장애자가 아니다

사지가 완전하면서도
할 일을 하지 않고
무위도식하는 이들은
구제할 수 없는 장애자다

이때에

지구는 오염되고 환경은 파괴되고
자원은 고갈된 이때에

지진이 일어나고 천지는 흔들리고
해일이 덮치는 이때에

화산이 폭발하고 재앙은 끝이 없고
재난이 겹치는 이때에

전쟁은 일어나고 테러는 쉼이 없고
생명이 무익한 이때에

권력은 부정하고 관리는 부패하고
세상이 험악한 이때에

교권은 무너지고 부모는 방심하고
학생은 방자한 이때에

삶에는 낙이 없고 이웃은 정이 없고
사랑이 메마른 이때에
힘없는 백성은 어떻게 살아가야 합니까?
이때에

조심

잘 보십시오
잘 들으십시오
그러나 입은 경계를
하십시오

눈에 보이는 것이
모두가 사실이
아닐 수도
있습니다

귀로 들은 것이
모두가 옳은 것이
아닐 수도
있습니다

마음은 넓게 열고
살지라도 혀는
항상 경계하며
사십시오

돈 1

아름답고 없으면 안 될
팔방미인
유혹의 귀재

너로 인하여 인생은
울고 웃고
넘어지고
일어나고
죽음까지도 불러 오는
얽어매는 쇠사슬

돈 2

일만 악의 뿌리라고 했던가
세상을 돌고 돌아다니며
삶을 휘감는 넝쿨
있으면 마음이 넉넉하고
없으면 조금은 불편한
인간 만사를 얽어 가는 모순덩어리
생활 속에서 영달의 꿈을 펴지만
악의 뿌리는 깊어 때로는
주는 자와 받은 자에게
수갑을 걸고 족쇄를 채우면서
웃고 울리는 무소불위의 탈
먹구름 피어올라 와 덮이는 줄을 알면서도
무지갯빛 몽상을 버리지 못하는 무치 한의
선과 악을 이어가는 고리
외줄 타는 사람들 노다지를 캐려고
굴욕의 환상에 젖어
주고받는 모험을 즐기고 있지만
덧없이 세상을 떠나보내는 역마차
폭포수의 위력 때문에
실개천의 물줄기는 마르고

터전은 파괴되어
허리끈 졸라맨
목이 마른 어느 인생
도랑 물 찾아 나서며 투덜거린다
돈!
아무도 피하여 가지 못했고
싫어할 수 없는
추잡한 미인이어라

체벌

체벌이 금지되니
폭력이 날개를 달고
제자가 스승을 폭행하고
자식은 부모를 죽였다

체벌은 사람을 사람답게
키우며 만들어 보자는 것

아이를 훈계하지 아니치 말라
채찍으로 그를 때릴지라도
죽지 아니하리라

도공에게 가서 아름다운
청자가 어떻게 완성되는가 물어보라

흙을 발로 밟아 다지고
손으로 주물러 부드럽게 하고
망치로 두들겨 찰지게 하고
아름다운 모양을 만든다

그대로 두면 가치가 없어
뜨거운 불가마 속에 넣어
몇 날을 구워서도 성이 차지 않으면
깨뜨려 없애고 다시 만든다

하물며 살아 있는 사람을
사람답게 만들려면
버릇없는 사람은 체벌이
양약일 수도 있다

어부의 시름

끼욱! 끼욱!
갈매기 날으는 선착장에는
통통 배의 낡은 엔진에서
품어내는 검은 연기가
매캐하게 퍼져 나가며
시동이 켜졌다 꺼졌다 하면서
선주의 애를 태우고 있다

해는 중천에서 구름 위로
얹혀 있고 파도는 술렁이며
뱃머리를 흔들고 있다

시동이 멈춰 버린 통통 배는
해가 지도록 출어를 하지 못하고
어부는 투덜거리며
허술한 싸릿문을 열고 힘없이
집안으로 들어서는데
끼욱! 끼욱!
갈매기는 울고…

괴로운 불협화음

마음속에서 소낙비가 내린다
눈에서 빗물이 내리며
번갯불이 번쩍인다

귀에서는 천둥소리 요란하다
놀란 마음에 입으로
할 말을 잊었으니…

오늘도 햇볕보기는
더욱 어렵겠다
친구여! 청산이나 가자꾸나

어느 사공

하늘은 드넓고
바다는 속 깊고
어둠은 짙은데
별빛은 영롱해

하늘은 푸르고
바다는 뛰놀고
세상은 좋은데
인생은 고달파

흰구름 두둥실
바람은 사납고
물결은 높은데
사공은 콧노래

미친 짓이다

세상을 사는 것은
부자도 가난뱅이도
하루는 스물네 시간이다

장애인도
비장애인도
한 시간은 육십 분이다

세상의 모든 것은
시간 속에서
벗어나 갈 수가 없다

귀한 자도 천한 자도
시간을 앞서 갈 수 없고
시간을 멈춰서도 갈 수 없다

이러한 세상을
아웅다웅 사는 것이
모두 미친 짓이 아닌가?

절세미인

일만 악의 뿌리라 한다
쉼 없이 번져가며
올가미를 만들어
세상을 울리고 웃기는 미인

미인은 박명하다는데
그대는 세상이 변해도
무궁한 미인으로 남아
눈먼 세상을 마음껏
쥐락펴락하는 불사조

본래 이름은 종잇조각
애칭은 돈이라 하고
별명은 유혹의 귀재
미인이라 부른다

돌고 돌아다니며
여기저기 덫을 놓아
마녀 사냥을 즐기며
견고한 성을 무너뜨리는
절세의 영웅 미인이다

미인에게 침 뱉는 자는 세상
어디에서도 만나 볼 수 없고
그대를 보는 눈은 빛이 나고
눈가에는 잔잔하고 야릇한
미소가 흐른다

오랜 세월 함께 있어도
싫어하고 물리칠 수 없는 미인
참으로 그대는 일만
악의 뿌리로다

내가 나를 모르니?

말소리가 크고 높으니
소리 지르며 성질 낸다 하고

옆 눈으로 바라보면
눈을 부릅뜨고 화를 낸다 하니

나도 나를 모르겠구나!

어느 것이 화이고
어찌하면 성질인지
모르겠다

눈을 흘기는 시선이
어디로 가는 것일까?

벙어리 되어 소경이 되어
살면 얼마나 좋을 건가?

괴로움 훨훨 다 털어 버리고
조용한 청산으로 훌쩍
떠나 볼거나

내가 나를 모르니
참으로 답답하구나!

스승과 제자

옛날 옛적에
스승과 제자는
하늘이었고 땅이었다

제자는 스승의
그림자를 밟으면
결례가 되기도 했다

그런데 오늘은
스승도 제자도 없는
한심한 세상이 되었다

가정에서 스승
학교에서 스승

부모와 교사에게서 배우는
인성 교육은 어디 가고
제자는 책벌레가 되었나

파괴된 천국

누가?
가정을 지상의
천국이라 했는가?

에덴이라
낙원이라 했나?

철저하게 파괴되고
분리되어
천국의 영광은
보이지 않고
낙원의 사랑이
없다

에덴의
먹지 말아야 할
실과도 없다

종교

신의 이름으로 사람이
모이는 곳
법이 닿지 못하는 신기루
머릿수가 돈이 되고
신분은 제품이 되어
값을 매긴다

신의 이름으로 치부하는
지도자들
세금이 없는 수입
세금이 없는 소유
국가의 경제는 흔들거리고
국토는 신의 이름으로
잠식되어간다

돈을 내고 삼천 배를 하며
돈을 주고 십자가를 진다
허식과 가식 때문에
신의 아들들이
억압당하는 곳

종교는 치외법권의
울타리인가?

민초

거친 들녘에 민초들
여기저기에서 군락을 이루고
북풍의 매서운 칼바람에도
민초들 쓰러졌다 다시
일어나기를 거듭한다

그 질긴 뿌리는
생명의 버팀목이 되어
새로운 순으로 거친
들녘에서 또다시
줄기차게 피어오른다

불청객

더운 바람을 타고
창문을 넘어들어오는
불청객
딸기 한 박스에
삼천 원-
토마토 한 박스에
오천 원-
오이 세 개에
천 원-

불경기로 주머니가 얇은
과일 장수의
용달차 스피커에서
나오는 애절함이
아파트 생활에 배어든
가족들에게는
행복한
소음으로 다가온다

커피 자판기 앞에서

커피 자판기 앞에서

차가운 새벽바람

아직은 문이 잠긴
근로자 대기소 앞에
일거리를 잡으려고
모여 있는 얼굴들

한편에 자리 잡은
키가 큰 커피 자판기 앞에서
웅성거리는 젊음

하루가 이렇게 시작된다

추운 몸을 녹이려고
커피 자판기 앞에서
가난한 주머니에
손을 넣는다

동전 몇 개가 아니면
다 구겨진 지폐 한 장을
조심스럽게 꺼내어
아까운 마음으로
투입구에 가지런히
넣는 꺼칠한 손

욕심을 부리지 않는
순진한 눈빛으로
쏟아지는 커피를
바라보고 있는
행복한 얼굴

모두가 일상 하는
버릇이지만
동료에게 한 잔의
커피를 권하며 살포시
마음을 주는 미소

그리고 또!
커피의 짙은 향에 취한
아름다운 감정들

자판기 앞을 떠나서
한 잔의 뜨거운 커피를
두 손으로 받쳐 들고
후후 불면서 아끼며 마시는
모닝커피로부터 시작되는
꼭두새벽의 인생이여!

목말 탄 아이

아빠의 목말을 탄
아이가
담장 너머로
다른 세상을 훔쳐보고
보송보송 귀여운
손을 놀려 손뼉을 치면서
소리 내어 웃고
즐거운 옹알이를 한다
아빠의 목말을 탄
아이가…

인형

너를 보면 항상
미안한 마음이 든다

예쁜 눈을 가지고
진열장 속에 갇혀 있는
너에게 항상 미안하다

빌딩 아래서

하늘이 높고 아름답습니다
높이 솟은 빌딩은 멋있습니다

나는 빌딩의 숲에 가려져 있는
아름다운 하늘도 그립습니다
거짓이 없는 평화로운 쪽빛
하늘이 그리도 보고 싶습니다

빌딩 숲 안에 갇혀
허덕이는 작은 거인들
시간은 황금은
그들을 노예로 잡아 두었습니다

나는 날마다 작은 거인들이
머물고 있는 숲길에서
조용히 일고 있는
전쟁과 평화의 바람을 느낍니다

옹달샘

풍취 좋은 기암괴석
깎아 세운 절벽
바람이 쉬어 가는 곳

이름 모를 소녀처럼
수줍은 듯 동그랗게
주저앉은 옹달샘

세월에 부대끼며
찢겨진 가랑잎 하나
맑은 동자 위에
그려져 있다

태고로 생명의
젖줄이 되어온
적은 마음

오늘도 옹달샘은
하늘을 그득 담고
생명의 젖줄로
흐르고 있다

조용히

조용히 조용조용히
발자국 소리도 말소리도
내지 말고 조용히
스쳐 가는 바람 소리조차도
멈춰 세우고 조용조용히

우주 공간에 꽉 차 떠도는
영상과 음향 들을 깨뜨리지 말고
부서뜨리지 않고 마음속에
담아서 그려보는 기쁨과 즐거움을
망가뜨리지 않도록 조용히

꿈이 아니고 현실이 전개되는
영상들을 조용히 하지 않으면
저 많은 아름답고 맑은 영상과
음향들이 흐트러지고 파괴되어
마음에서 지워져 버리니 조용히

바닷가 소녀

잔잔한 파도가 모래 위로
오르고 내리며 깔린다
더벅머리 소녀가 모래 위에서
조개껍데기를 줍고 있다

애야! 네 이름이 뭐니?
소녀는 고개를 들지 않고
순지요! 하며 조개를 줍는다

이름이 참 예쁘구나
소녀는 고개를 숙인 채로
고맙습니다 하고 줍는다
작은 예쁜 손에는 빛이 고운
조개 몇 개가 쥐어 있다

네 집은 어딘데?
소녀는 말없이 예쁜 손가락을
머리 위로 가리키며
저기요! 저기…

숲 속으로 육, 칠 십 년대
새마을 사업으로 개량된

청색 기와지붕이
빛이 바랜 채 몇 개 보인다

아빠와 엄마는 일 가셨니?
엄마는 집에 계시고
아빠는 고기 잡으러요!
아빠가 고기 많이 잡아 오겠구나?
더벅머리 소녀는 여전히
조개를 골라 주우며
울먹이는 소리를 한다

아니요! 태풍이 무섭게 불던 날
엄마가 울었어요 아주 많이요
그때부터 나는 아빠를 볼 수가 없어요

아저씨는 누구세요? 하며
고개를 드는 더벅머리 소녀
소녀의 눈동자에는 그리움의
눈물이 번뜩거린다

소녀의 마음을 다치게 한
나는 소녀의 눈에서
소녀의 그리워하는 마음과
아픔을 보았다

예쁜 아이들

웃는 아이들이 예쁩니다
우는 아이들도 예쁩니다
웃는 아이들은 더 아름답고
우는 아이도 덜 아름답지 않습니다

아이들의 웃음에는 예술이 있고
아이들의 울음에는 철학이 있습니다

예쁜 아이들은 어른들이
만들어 가는 생명이고
아름다운 유산입니다

어른

어르신 이마에는
역사가 새겨져 있고

어르신의 마음에는
피멍이 맺혀 있고

어르신의 가슴속
무덤에는 눈물샘이
솟아난다

눈

꼭 감고
뜨지 말라
유혹의 신이
앞에서 온다

코

잘 잡고
방향을 잃지 말라
생사의 문턱이다

입

굳게 다물고
조용히 하라
혀에서 칼날이
보인다

귀

단단히 막고
듣지 말라
생각이 흐트러진다

해질 녘

하루를 잃어버린
멍청한 시선
무엇에 홀린 듯
무엇을 잃은 듯

해 질 녘이면
누군가를 만날 것 같은
그리움
누군가 찾아올 것 같은
기다림
가슴은 설렘으로
터질 것 같다

하늘에 붉은 꽃사슴
두둥실
산을 넘고
바람은 어느새
밤길을 헤맨다

산머루는 익어가고…

황혼 녘

오라 하며 손을 잡아끌고
당기는 이 없으며
가라 하고 등 떠밀며
재촉하는 자 없건만
인생 벌써 석양에
붉은 노을빛 맞으며
아무도 반겨 줄이 없는
황혼길 일흔 고개를
조심스레 넘어가고
있구려

그믐께

빛이 없는
캄캄한 밤
별들은
처마 밑에 달려 있고
바람은
창구멍으로
들랑이는데
노인의 마음
기댈 곳이 없어

그믐밤이면 허술한
사립문 밀치고
헛기침으로
기척을 하면서
들어 올 것만 같은
그리움이
기다려진다

그믐께 밤이면
자식들 걱정에
잠을 설친다

님의 노래

님의 노래

님은 가셨습니다
님의 노래여!

님은 갔지만 노래는 남아
내 가슴에 꽃이 됩니다

님은 갔지만 노래는 남아
내 눈에 눈물입니다

님은 가셨지만
그래도
노래는 남아
내 마음에 아픔입니다

님은 갔지만 노래는 남아
내 입술에 노래가 됩니다

님은 떠났습니다
모든 시름 훌훌 털고
하늘의 노래가 되어
우리 곁을 떠났습니다

당신 앞에 서면

옷깃을 여미고
당신 앞에 서면
나는
한없이 작고
초라하기만 합니다

그러나
당신을 볼 수 있는
기쁨으로
당신의 말씀을 듣는
즐거움으로
당신 앞에 서 있는
나를 잊고 있습니다

그대 있으므로

그대 있으므로 나
가난하여도 부요함을
누립니다

그대 있으므로 나
병이 들어도
건강함을 누립니다

그대 있으므로 나
고통을 당해도
자유함을 누립니다

그대 있으므로 나
캄캄한 벼랑 끝에서도
빛 가운데로 행합니다

그대 있으므로 나는
죽어도 생명이 있습니다

당신 곁에서

당신 곁에서 향기 그윽한 꽃이 되리이다

당신 곁에서 즐거이 부르는 노래가 되리이다

당신 곁에서 아름답게 푸른 숲이 되리이다

당신 곁에서 잔잔히 번져가는 호수가 되리이다

당신 곁에서 파랑새가 되어 머무리이다

당신 곁에서 상큼한 바람이 되어 감싸 주리이다

당신이 그리울 때에

당신이 그리울 때면
볼 수 없는 당신의 미소로
눈에 가득 담겠습니다

그래도 못 잊을 때면
들을 수 없는 당신의 노래로
귀에 가득 채우겠습니다

못 잊어 그리움에 목마르면
마음속에 있는 것 다 비우고
당신의 얼굴로 채우겠습니다

그리운 당신이 내게
남겨 준 사랑의 고운 옷을 입으렵니다
아! 당신이 그립습니다

님의 목소리

바람결에 전해 오는 님의 목소리
황금마차 타고 오는 고운 목소리

파도위로 들려오는 님의 목소리
은빛마차 타고 오는 고운 목소리

저녁노을 애태우는 님의 목소리
가슴속을 불태우는 고운 목소리

귓가에서 맴을 도는 님의 목소리
마음속에 사무치는 고운 목소리

하늘에 별 가득 채운 님의 목소리
보고 싶고 듣고 싶은 고운 목소리

님의 목소리! 고운 목소리

님에게

님이 그립습니다
당신이 보고 싶습니다
내 마음은 온 통
님에게로 가 있습니다

바다 건너편에 님 계시면
파도를 가르며 가겠습니다

지구 반대편에 님 계시면
구름 위에 실려 가겠습니다

먼 나라 저편에 님 계시면
시그널이 없는 길로 가겠습니다

님 곁에 내가 있고 내 안에 님 계시므로
나는 당신이 되고 님은 내가 되었습니다

잃을 수 없는 님! 없으면 안 되는 님!
둘이 하나 되어 살겠습니다

님이 무척 보고픕니다
베갯잇이 적시도록
님이 그립습니다

사랑은?

사랑은 종교의
행위가 아닙니다
생명의 기본입니다

사랑은 선심적
오락 행위가 아닙니다
희생이 따르는 감사의 행위입니다

사랑은 빛의 중심에 있어
그림자가 없고 유리알 같은
투명한 실재입니다

사랑은 명령으로 전달되는
행위가 아닙니다
자연 자생적으로 번져가는
생명의 행위입니다

사랑이라는 두 글자는
하늘과 땅 위에서
제일 아름답고 멋진
언어입니다

사랑하는 님이여!

뜬구름 하얀 바람결에
님의 목소리 곱게 곱게
묻어오고
눈앞에서 맴을 도는
님의 얼굴 그리워
이름 석 자 불러 보는
사랑하는 님이여!

흰 구름 하얀 파도 위로
님의 모습 아름답게
실려 오고
귓전에서 맴을 도는
님의 음성 그리워
이름 석 자 모래 위에
적어 보는 님이여!

아! 아!
보고파라!
사랑하는 님이여!

사랑하는 이여!

내가 죄악 중에 있을 때에
당신은 나의 이름을 불러
끌어내어 주십시오

내가 원수의 목전에 있을 때에
당신은 나의 편이 되어
숨겨 주십시오

내가 헐벗고 굶주리고 있을 때에
당신은 나의 보호자가 되어
품어 주십시오

내가 힘들고 지쳐 있을 때에
당신은 나의 쉼터가 되어
새 힘을 주십시오

그러한 당신이 내 곁에 항상 계셔
나에게 오늘이 있으므로
복되게 하여 주십시오

빛과 그림자

당신이 빛이시오면
나는 그림자 되어
당신 곁에 머무르겠습니다

세찬 바람이 불어도
흔들리지 않는 생명의 빛
나는 그 빛의 그림자 되어
당신과 함께 있겠습니다

당신은 빛
나는 그림자